私の思い、あなたへの想い

watashi no omoi anata eno omoi

中野乃里江

Norie Nakano

文芸社

目次

第1章　19才の時
1　笑顔　13
2　矛盾　13
3　短い間だったけど　14
4　人間　16
5　親に対して　16
6　恋愛進行中　17
7　夢への目覚め　19

8　自問　19
9　祖母の夢　20
10　一度きり　22
11　あの頃　23
12　私の世界　25
13　感謝の気持ち　26
14　あなたの存在　27
15　気付いてない事　29
16　浮気　32
17　理想　32
18　絶対　33
19　自覚　34

目次

20　バレエ　34
21　目標へ向かって　35
22　停滞期　37
23　辛くても　38
24　親近感　39
25　願い　39

第2章　20才の時

1　死　45
2　迷い　46
3　人を好きになる理由　48

4 境界線 50
5 姉弟 51
6 隠されていた意味 52
7 愛の中で 53
8 まず、すべき事 54
9 あなたのために 55
10 あなたへの出せない手紙 56
11 不安 56
12 冷静になると 59
13 別れ 60
14 悲しみ 61
15 あなたと過ごした日々 64

目次

16 自分に言い聞かせて 65
17 言ってなかった事 66
18 後悔 68
19 反省 69
20 自分が嫌い 70
21 変化 71
22 虹 72
23 不成立 73
24 発見 74
25 言えない気持ち 75
26 気持ち 76
27 受け止めた時 77

28 友達 78

第3章 21才になってから

1 自答 81
2 絆《きずな》 81
3 前向きな気持ち 82
4 なりたい自分 83
5 家族の存在 83
6 短所 84
7 保守 85
8 迷路 86

目次

9 拾ってほしい涙 87
10 叶わぬ願い 89
11 禁断の夢 90
12 大人の世界 92
13 リターン 95
14 愛 95
15 愛の涙 97
16 いい子 98
17 夫婦 99
18 「ウソ」 102
19 目の前の悪魔《あくま》 104
20 私の涙 104

21　パズル　105
22　悪い夢　106
23　二人の責任　107
24　故　障　108
25　両手に隠して　109
26　忍　耐　110
27　罰　111
28　ちっぽけで大きなもの　112
29　二重の涙　113
30　リニューアル・オープン　114

第1章　19才の時

１　笑顔

いつも笑ってる人。笑顔に魅力のある人。
きっと無理をしている……。
何かを隠しているはず。
少なくとも、私はそういう人を一人知っている。

２　矛盾

大人の世界。矛盾している。
苛立《いらだ》ちを感じ、納得がいかない……。
こんなに世の中は汚れているの？　大人達はこの矛盾、放っておけるの？
歪《ゆが》んだ世界。

それなのに笑っている人々。一生懸命な皆……。
何がそうさせるの？
お金？　生きるため？　家庭？　たてまえ？　名誉？
そんなの何もいらない。嘘の世界。バカらしい。
でも、これが現実なの?!

3

短い間だったけど

どうして浮かんでくるの？　別れてもう二ヶ月も経つのに……。
まだ忘れてないの？　自分が傷つき、辛いだけの恋なのに。
今でも浮かんでくる、あの夏の日々。
何だかんだ言って、楽しかった。幸せだった。愛してた。愛されてた。
今頃になって気付くなんて、バカな私。

第１章　19才の時

短い間だったけど、愛してた。それに嘘はない。
今、どこで何をしてる？　笑ってる？　幸せ？
今、あなたの心には誰が映《うつ》ってる？……
仕方ない事だけど、少し淋しい。
こうやって人々は、出会いと別れ繰り返してく……？　そうなの？　誰か教えて。
出会いに別れは付《つ》き物《もの》?!　悲しい事実ね。
幸せと不幸せは、いつも隣合わせ。笑顔と涙も背中合わせ。
別れの後には次の出会いが来る。そう、新しい始まり……。
でも、今でもあなたが浮かんでくるのは何故《なぜ》？
出会い繰り返すたび、思い出すよ。あなたの事。
悔しいけど、自分の本心に嘘はつけない。心は正直。
私はあなたを愛してた。

4　人間

人って何？　自分って何？
人間って、勝手な生き物。
どんな人でも、結局最後には自分が一番大切。
相手より自分。
振り回されてる私って一体……？
どうかしているの？　私だけ？
皆、何を考えてるんだろう。
何をしてるんだろう。

5　親に対して

親が全て正しいわけじゃない。

私は、親のために生まれて、親のために生きてるんじゃない。
親の思い通りの子でもない。
最近、私は親に認めてもらうために、頑張っていることに気付いた。
何だか、とてもバカバカしい。疲れた。全然楽しくない。
私の居場所は何処《どこ》？
確実に、ここではないことが分かった。
残念だけど、私は親を尊敬することはできない。

6

恋愛進行中

熱く深い恋愛程、障害は多いのかもしれない。

私とあなたは今、確実に繋《つな》がっている。二人の気持ちは通じている。想いは一つ。あなたが好き。

どうしてこんなに、あなたの事好きなんだろう。頭の中はあなたでいっぱい。

恋は盲目というけれど、まさにそうかもしれない。

それに、これは恋というより愛。私とあなたは今、確かに愛し合っている。お互いに愛を与えている。何も求めてなんかない。

私もあなたも、ただ好きなだけ。そして、その感情を表しているだけ。

愛するとこんなに優しくなれるなんて、素敵。

わがままなんて必要ない。あなたの事考えてたら、わがままなんて……。

もっとあなたを知りたい。側にいてほしいんじゃなくて、側にいたい。

もっともっと愛したい。この想いを伝えたい。

こんなに人を好きになることなんて、もうないと思ってた。

気が付いたら、こんなにあなたの事想ってた。不思議……。

7　夢への目覚め

私はこのまま、自分の思うままに生活していても、いいんだよね？
大丈夫だよね？
私の考えは間違ってる？　誰か教えて。
夢を追いかける素晴らしさを、あなたが教えてくれた。
あなたと出会って、改めて、夢を諦《あきら》めないと確信した。

8　自問

「利用」って言葉、あんまり好きじゃない。
人は一人じゃ生きていけない……それはすごく思う。
でも、本当に頼れる人ってどんな人？　何処にいるの？　どうすれば見つかるの？

友達がいないって、淋しいことなのかな？

確かに、淋しいと言えば淋しい。孤独を感じるから。

でも、別にいいんじゃない?!　と思えば、そうも思える。

いまいち信用できない私……と、信用できる人が欲しい私……。信用して裏切られるのが恐い私……。

裏切られるのを恐れて、自分から関係を断《た》ち切《き》ってしまう私……。

時々、世の中が白黒に映る。私だけ止まってる時がある……。

私はこのままでいいのか？　何を考えればいいのか？

いつ、答えは見つかるのだろうか……。

9
祖母の夢

一ヶ月前の今日も同じだった。寝坊して、仕事休みになったんだよね……。

体がすごくだるくて、夕方まで寝ていた。深い眠りについているかのように。頭が痛かった。

あなたが、心配の電話とメールをくれた。とても嬉しかった。こんな私にも、こうやって心配してくれる人がいるんだ。

「どんな時でも、必ず一人は支えてくれる人がいる。」

この言葉を思い出した。確かにその通りだ。

自分の限界を知る必要が、私にはあるかもしれない。まだまだ自分を摑《つか》めてない。

夕方まで寝てる時に、夢を見た。家族が出ていた。

私は、祖母の手を引いて、崖《がけ》を登っていた。その時の私は、何だかとても祖母が好きだった。それに、よく分からないけど、感謝の気持ちでいっぱいだった。

この夢が、一体何を意味していたのか分からないけど、私はたぶん、何だかんだ言って、家族の事が好きなんだろうな、と思った。

きっと、とても気になっているんだ。いつも……。

10　一度きり

人生は一度しかない。そして、「今」はもう二度と味わえない。
人は、いつしか死んでいく。
でも、それは自然のシステムで、人はそういう生き物。
きっと、人は死んでいく時、何も悔いはないんだと思う。
思う存分生きて、死ぬのを待つ……。
そんな老人がいても、おかしくない。
だから、「今」を大切に生きていこう。

「この時」を味わって……。

私はこの世に一人。あなたも一人。「今」も一つ。

11
あの頃

人は何故、前の恋人に新しい恋人ができると、複雑な気持ちになるんだろう……。一度は、自分と関係があった人だから？

たとえ、その時自分に新しい恋人がいて、幸せだったとしても、モヤモヤしてしまう。

どうしてなんだろう？　皆、こういうものなのかな?!

口では「良かったね。」なんて言ってるけど、内心は……。つい、付き合っていた頃の事とか思い出してみたりして。

切なく蘇《よみがえ》る思い出。

もう過去の話だけど、あの頃もあの頃なりの恋愛してた。……とか、そんな事、今思い出しても仕方ないのにね。

でも、あの頃があったから今がある。そう、今があるのはあの頃のおかげ?! とも言えるのかもしれない。

何故だか、とても感謝。今まで、私の周りに現れてきたいろいろな人々に感謝。ありがとう。

意味のない人など、いない。意味のない事など、ない。

私は生きている。今、ここに。

今まで、いろんな事があった。いろんな人がいた。

でも、それはまだ、これから始まる長い人生のほんの一部。きっと。

ほんの一部にしかすぎないはずなのに、何だかとても切ない。

全てを通り越して、今の自分がある。

12
私の世界

何が悲しいの？　何が切ないの？　一体どうしたの？

私は何故か孤独。

ふっと気が付くと一人。周りに人はいるけれど、遠い。見えない距離が、私だけを置いていく。

時々、こうやって一人の世界に入ってしまうのは、何故？

私は、自分の方から人から離れておいて、本当にその人達が遠くへ行ってしまった時、改めて何かに気付く。

それは、何だろう？

人は一人では生きていけない、という事かな？

13　感謝の気持ち

まだお別れじゃないけど、もうお別れのような気がして、出会ってからのあなたとの事、思い出してる……。

出会えて良かった、本当に。

素晴らしいものを教えてくれた。ありがとう。

私に夢を気付かせてくれた。目を覚まさせてくれた。ありがとう。

勇気とやる気をくれた。ありがとう。

笑いと涙をくれた。ありがとう。

出会いの大切さを教えてくれた。

人の温かさを教えてくれた。

私はここに生きている、という事を教えてくれた。

ありがとう。本当にありがとう。

私は、会いたい人に会いたい時に会いたい。

時をどう過ごすか。

自分が一番過ごしたい人と、その時その時を過ごしたい。

今、そう思った。

14

あなたの存在

「絶対に変わらないもの、変わらないことはあるか。」

真剣に語った。

いずれいつかは何事にも終わりが来る。人の気持ちも変わる。いつ、何が起こるか分からない。絶対に!!と言えることなどない。私は今まで、そう思って生きてきた。

でも、あなたは違った。

「いつか変わるだろう。終わるだろう。」

そういう弱い意志だから、変わるし終わるんだ。絶対に!!と思えることだってある、と言った。

確かに、あなたの夢は絶対に変わらない。私もそう思うし、本当に実現するような気がする。

それは、あなたが強くそう思っているから。そして、それが私にも伝わってくるから。

あなたの足が震えていた。涙をぐっと、我慢《がまん》していた。私は、何かが込み上げてきて、涙が溢れた。

他人の前で、こんな風に泣くのなんて、久しぶり。忘れていた感情が蘇ったかのように、そして、何か私の中の突《つ》っ張《ぱ》っていた糸を、プツンとあなたが切ってくれたような気がした。

もう一度、「絶対」という言葉を信じてみようか？　そういう気持ちが生まれた。私に、「何かを信じる。」という事を、あなたは教えてくれた。

前にあなたは言った。

「自分の中で、信じられるものは持ってたらいいよ。」と。

この意味が、今になってやっと分かったような気がした。

あなたという一人の存在が、私に伝わってきた。私の中で消えかけていたものが、眠っていたものが、目を覚ましたように……。

あなたは確実に、私に何かを伝えてくれている。そして、私はそれを少しずつ感じ取っている……。

素晴らしい出会い。そして、一生忘れられない、忘れてはいけない人。

15

気付いてない事

きっと人は、いつもは気付いてない。「普通」という事が、どれ程幸せで良い事か……。

いつもは気にも止めてない、何でもない事だけど。それができなくなった時に、改めて、いかに毎日何不自由なく暮らせていることか……。嫌な日があるから、いい日を楽しいと思える。いい日ばかりじゃ、きっとつまらない。だから嫌な日もある。嫌《いや》な日も必要なんだ。

全ての事に意味がある。良い事も嫌な事も……。それを感じられる自分でいたい。

やっと意味が分かった。心から実感できた。

「特別」な事より「普通」な事の方が、幸せなのかもしれない。ただ、皆、それに気付いてないだけなのかもしれない。幸せを求めて、「特別」になろうとしている人は少なくないはず……。

毎日「普通」だとつまらない。かと言って、いつも「特別」も疲れてしまう。

人ってすごく難しい。

泣く時があるから、笑える時が来る。怒る日があるから、許す心を知る事ができる。反省する事を学ぶ事ができる。落ち込む日があるから、立ち上がって頑張れる日が来る。悩む日があるから、人は成長する。迷う日があるから、未来へ繋がり道は拓《ひら》ける。立ち止まる日があるから、走れる日が訪《おとず》れる。みんなみんな、全部繋がってるんだ。

こうやって人は大人になり、人生を歩《あゆ》んでいるのだろうか。

もしも明日笑っていなくても、大丈夫。それは、笑える日への道の途中。それでも進んで行くと、光が見えてくるから。進めなくなったら？　きっと進める日が来るから、焦《あせ》らなくても大丈夫。

早いか遅いかは、誰にも分からない。その鍵はもしかしたら、自分自身が握っているのかもしれない。

だから、いつも自分を信じていたい。信じられる自分でいたい。

16　浮　気

浮気。文字にするとたった二文字。

たった二文字の一言で、一体何人傷つくのだろう……。

この言葉は、その行動をしてしまった本人さえも、自分で自分を苦しめてしまう。

17　理　想

「理想」

本当にそんな人いるのかなぁ。自分の理想の人に巡《めぐ》り合う事なんて、できるのかなぁ。

そもそも、理想って何？　何か、非現実的……。

理想と現実は違う。

変な感じ。心のモヤモヤ……。

18　絶　対

「絶対」という言葉。

本当はすごく信じたい。でも、もしそうならなかった時、自分がどれくらい傷つくのかを恐れている。

だから、そんな言葉はないって言い聞かせてる。強く思えば思う程、そうならなかった時のショックは大きい。

でも、それを分かった上でも、もしも「絶対」と心から思える事があった時、強くそう思える自分になりたい。傷つくのを恐れない自分になりたい。

そう、自らを信じて。

19　自覚

自分が今、何を感じ、どう思っているのか。何をしたいのか、はっきりしたい。

常に自覚していたい。

ボーッとする時も必要。

でも、そんな時でも、次にする事はハッキリさせておきたい。

20　バレエ

四才からのバレエの世界。厳しく辛く、いろいろ悩んだ日々。自分との闘い。まさに、そういう世界だった。

それでも続けられたのは、「達成感」というごほうびがあったから。

——下りのエレベーターに乗って、上がっているような人生。立ち止まったら降りていくだけ。一段ずつでも上がっていたら、いつかは頂上に着くかもしれない。一番幸せなのは、ドキドキしながら幸せの瞬間が来るのを待っている時。どんなに辛くても、今が一番幸せなんだ!!って思いたい。

――

すごく胸に響いた言葉。

21

目標へ向かって

一人で声を出して泣いていた。

私はまだまだ子供だなぁ、とつくづく思った。自分一人で、少し成長して大人になった気になっていた。悔しくて、恥ずかしかった。さらに涙が溢れた。

どうしたらいいのか、分からなくなった。一人でもがいていた。溺《おぼ》れているようだった。

一人で頑張っている気になっていた。でも、全くそうでない事に気付いた。

自分はこれでいいのか、不安になった。自信もなくなった。悲しくなった。先が見えなくなった。

自分の考えも、ポリシーも分からなくなった。どれが正しくて、どれが間違っているのかも分からなくなった。

わがままで勝手な自分に、やっと気付いた。世の中、自分の思い通りにいかない事にも気付いた。「妥協《だきょう》も必要。」やっと、この意味が分かった。やる気も失っていた。ただ落ち込んでいた。自分を見直した。……悪い所だらけだった。

でも、誰もどうにもしてくれない。頼れるのは自分だけだ。めげない、負けない、立ち上がれっ‼　私には目標がある。それさえはっきり見ていれば。

目標だけは、消えてなかった。それで十分。それを目指すんだ。

誰に何と言われようと、私は私。やって見せればいいんだ。所詮《しょせん》、他人。

気にしなくていい。

22

停滞期

ついてない時は、とことんついてない……。

つくづくそう思った。

人生って、こういうものなのかもしれない。

こう実感した。

でも、めげてはダメ。これも大切な時期。良い経験をしているのだと思う。

成功への、大切なステップ。

23　辛くても

今までたくさん苦労してきたし、辛い思いもしてきた。
でも、今からの方が本番。
もっともっと辛く、苦しく、厳しいと思う。
それでも私は負けない。やりきって見せる。やって見せる。
どんなに辛くても、それが私の人生。
弱気になってる暇なんてない。強い意志で、突き進む。
めげない、諦めない。
もう後悔はしたくない。

24

親近感

遠くにいるけど、近くに感じる。これが家族。
今、家族がとても大好き。
私が私で良かったと思っている。
もう、同じ過《あやま》ちは繰り返したくない。
自分を守れるのは、自分だけ。
負けない。

25

願い

また思っている。考えてもたぶん、どうにもならない事。でも、勝手に
浮かんでくる……。
皆が遠く感じる。私だけ遅れている感じ。皆、一歩前にいる。私は

何故？

「自分だけと思ったらダメ。」

分かっている。でも、たまらなく不安。焦る気持ち。

自分への信頼も、時々、不確かになる。

私は、本当に大丈夫なの？　やれるの？　できるの？　頑張れる？

……いろいろな気持ちが、自分の中で繰り広げられる。

皆、前よりきっと成長している。進んでいってる。なのに、私だけ変わってないような気分。

頑張ってないの？　何がいけないの？　何がダメなの？　どうすればいいの？

時々、不安で不安で分からなくなる。どうしようもなく、自信がなくなる。

私は、背伸びしているのだろうか？　最近、思う。

子供扱いされたくない!!　でも、まだまだ子供なのかもしれない。前は、大人になりたくなかった。でも今は、早くしっかりした一人の人間になりたいと思っている。

どうしたら皆、「私」という存在を認めてくれるの？

私はここにいる。生きている。強く示したい。そして、認めてもらいたい。

こういう思いは、ダメなのかな？　何が間違ってて、何が正しいのかなんて、よく分からないけど……。

そもそも、正《せい》と誤《あやま》りなんてあるのかな？

羽ばたきたい!!　輝きたい!!

それは、自分次第だと思うけど……。私の魅力、もっと磨いて。

やりたい事、たくさんあるのに。頭の中ではたくさん、自分が輝いてるとこ浮かぶのに。

それは、理想にしかすぎないの？　それで終わってしまうの？
理想と現実は違う。……でも、理想を叶える事はできないの？
ねぇ……、できるよねぇ。
誰かにそう言ってほしい。私の背中を、ポンと押してほしい。
一歩前へ出る勇気を……。誰か、私に……。

第2章　20才の時

１　死

突然のあなたからの電話。

「事故でお父さんが死んだ。」

涙がポロポロ出てきた。あまりに急な事で……。

辛くて、悲しくて、泣きたいのはあなたの方なのに、まるでそれを隠すかのように、笑っていた。

私の声が聞けて良かった、って。もっと側にいたら泣きついてた、って。近くにいたら慰《なぐさ》めてもらいたい、って。

そりゃそうだよね。

でも、私は何の言葉もかけてあげられなかった。

親が死んだら、どんな風になるんだろう？……

きっと、すごくショック。でも、それ以上ほかに、何も分からなかった。

あなたも言ってた。

「これは、実際に味わった人にしか分からない。」って。

親は本当に大切にしないと、って。思い出は作ってた方がいい、って。

すごいなーと思った。絶対に自分の方が辛いはずなのに、私の事気にしてくれたり、励《はげ》ましてくれたり。

今は、私の事なんかいいのに……。

私には絶対できない事。

もし私だったら、自分の事でいっぱい。

自分が情けない。無力さを実感。

そして、今とても側にいてあげたいと思った。

2　迷　い

私は今、迷っている。

本当に、このまま行っていいのだろうか？　あなたを残して……。
私は勝手？　自分の事しか考えてない？
ダメかな、……こんな考え。
あなたに昨日言われた。
「愛する人を残して行くなんて、分からない。」って……。
確かに、そう言われればそう。
本当にあなたの事、すごく好き。
でも、諦めきれない想い……。
どうしたらいいんだろう。
あなたの事、すごく心配だし側にもいてあげたい。
でも……。
このままでいいのだろうか？
どうしよう、すごくすごく考えないといけない。

3　人を好きになる理由

自立。とても難しい事のように思う。

早く自立したい、と最近思うようになった。

今までは、マイペースで良いと思っていた。焦ることないと思っていた。自分のペースで良いと思っていた。

でも、最近は違う。早く、自分で何でもできるようになりたい。

自分の事を自分でするのは、当たり前のように見える。でも、けっこう違ったりする。

面倒臭い時があったり、大変。責任は全て自分。決めるのも動くのも、全て自分。

一人って、楽なようできつかったりする。

自由で気楽。でも、時には淋しく、助けが欲しくなったりして。

「人は一人では生きていけない。」と、よく言う。

そんな事はないと思う。

でも、一人で生きていくのはとても辛く、淋しく、つまらないだろう。

だから、「好きな人」ができるのかなぁ。

あなたといると不思議。どんな小さな事でも、たとえ虫一匹でも盛り上がる。笑える。そして、何より楽しい。

時には親のような時もあり、私より子供のような時もあり、でも好きな人で……。

こんなの初めて。何なんだろうね？

あなたは、どう思ってるんだろう？

でも、そんな事よりも私の気持ち。あなたが好き。

あなたがどう思っていても、これは確かなんだ。

4

境界線

今、私は境界線に立っているような気分で、ハラハラドキドキしている。

あなたと離れたくない。ずーっと一緒にいたい。

側にいてあげたい私。

新しいスタートをしたい。諦めていた事を、もう一度やってみたい。自分を磨き鍛《きた》えたい。

成長したい私。

前よりも、何年も先の将来の事を考えるようになった。

私って、本当に勝手なのか？　自己中心なのか？　早まりすぎるのか？

少しだけ、どうしたらいいのか分からなくなっている。

これでいいのか、分からなくなっている。

こんな自分でいいのか、たまらなく不安。

郵便はがき

恐縮ですが
切手を貼っ
てお出しく
ださい

160-0022

東京都新宿区
新宿1－10－1
(株) 文芸社
ご愛読者カード係行

書　名					
お買上 書店名	都道 府県　　市区 郡　　書店				
ふりがな お名前				大正 昭和 平成　年生　歳	
ふりがな ご住所	□□□-□□□□				性別 男・女
お電話 番　号	(書籍ご注文の際に必要です)	ご職業			

お買い求めの動機
1. 書店店頭で見て　2. 小社の目録を見て　3. 人にすすめられて
4. 新聞広告、雑誌記事、書評を見て(新聞、雑誌名　　　　　)

上の質問に1.と答えられた方の直接的な動機
1. タイトル　2. 著者　3. 目次　4. カバーデザイン　5. 帯　6. その他(　　　)

ご購読新聞　　新聞	ご購読雑誌

文芸社の本をお買い求めいただき誠にありがとうございます。
この愛読者カードは今後の小社出版の企画およびイベント等の資料として役立たせていただきます。

本書についてのご意見、ご感想をお聞かせください。 ① 内容について
② カバー、タイトルについて
今後、とりあげてほしいテーマを掲げてください。
最近読んでおもしろかった本と、その理由をお聞かせください。
ご自分の研究成果やお考えを出版してみたいというお気持ちはありますか。 ある　　ない　　内容・テーマ（　　　　　　　　）
「ある」場合、小社から出版のご案内を希望されますか。 する　　しない

ご協力ありがとうございました。

〈ブックサービスのご案内〉

小社書籍の直接販売を料金着払いの宅急便サービスにて承っております。ご購入希望がございましたら下の欄に書名と冊数をお書きの上ご返送ください。（送料１回210円）

ご注文書名	冊数	ご注文書名	冊数
	冊		冊
	冊		冊

5　姉弟

初めて、弟とちゃんと向き合えた気がした。
「姉なのだ。」という実感をしたし、初めて「頼ってくれた。」と思った。
私の事を、まるで初めて姉として接してくれたように思えた。
逆に言うと、やっと少し、私も姉らしくなったのではないかと思った。
姉弟の絆《きずな》というものを、初めて実感した。
私を頼ってくれた。少しでも力になりたい。
そう思うと、少し嬉しかった。
今まで、姉らしい事は何もできず、たくさん迷惑かけてきたから。
なおさら思った。
初めて、私に心開いてくれた気がしたよ。

6　隠されていた意味

人は一人じゃ生きていけない。この意味が、やっと分かった。

そうだよ。一人だと、自分しかいないから、気付かない事や分からない事だらけ。

料理の味も、自分しか食べないから、まずいかもしれないのに気付かない。

自分の欠点や弱点、長所や短所や特徴や……。

全て、一人だと分からないよ。周りに誰かがいるから、分かるんだよ。気付くんだよ。

これって、すごく大切な事。素敵な事。素晴らしい事だよ。

人は一人で生きてるんじゃないんだよ。

やっと気付いたよ。周りの人の大切さに。

今までとすごく考え方が変わってきた。

一人って、自由だし気楽。でも、淋しくて孤独。
どっちを取るかは、人それぞれ。私はずっと、一人派だった。
でも、変わってきた……。
二人で一人。これが理想だ。

7

愛の中で

愛のチカラ、恋のチカラってすごい。
こんなにもパワー、ときめき、輝き、勇気を与えてくれるなんて。
素晴らしいと思った。
あなたの愛の中でなら、百万ドルの笑顔でいられます♡
きっと……。

8　まず、すべき事

羨《うらや》んだり、妬《ねた》んだりするだけではダメなんだ。
悔しがるだけでは、ダメなんだ。
自分もモノにしないと。
諦めずに、前へ突き進むしかないんだ。
自分を大切に、愛してあげないと、何も始まらない。
昔、よく聞いた言葉。
「自分を大切にしなさい。」
この意味が、今やっと分かった気がする。
まずそこから始めないと、他人の事なんて分からないし、思えない。
自分に、私に、愛情をたっぷり注いであげよう。
優しくしてあげよう。

9
あなたのために

「好き」だけでは、ダメなんだね。

いろんな障害があって、いろんな事があって……。

いくら好きでも、一緒にいられなくなる事もあるんだね。

こうして、皆別れていくのかな。

嫌いになったとか、他に好きな人ができたとか、それ以外の理由で別れていく人の気持ちが、やっと分かったよ。

好きだからこそ別れる……。

好きだったら絶対大丈夫とは、限らないんだね。

もっと、現実を見ないといけなかったね。

状況に合った判断しないとね。

それが、大人と子供の違いだね。

今、やっと気付いてきたよ。

あなたが幸せになれますように……。

10　あなたへの出せない手紙

元気にしていますか？

言いたくて言えない事。聞きたくて聞けない事。いろいろあります。

今、何を思ってますか？　何してますか？　誰といますか？　私は、まだ存在してますか？　忘れてませんか？

とてもとても、幸せでした。

11　不　安

淋しいよ。最近、とっても不安です。

あなたの事ばかり、考えてしまうよ。
どうして連絡くれないの？　忙しいから？
今まですごく、電話もメールも減ったよ。
一ヶ月以上会ってないし。はっきり言って、耐《た》えられないよ。
あなたは、どう思ってるの？
時々、何もかも放り出して、無期限で、あなたのもとへ帰りたくなるよ。
気が済むまであなたの側にいて、気が済むまで一緒にいたいって思う。
あなたは平気なの？
気持ちが知りたい。声が聞きたい。今までみたいに、いっぱい話したい。
ねぇ、何か言ってよ。返事してよ。何か、答えてよ……。
あの楽しかった日々を、思い出します。
あの時は何でもなく、普通に過ごしていた日々。
毎日一緒だった。怒って、泣いて、笑って、ケンカして……。

でも、すごく楽しかった。ただ一緒にいるだけで、良かった。
苦手な料理にも、挑戦した。お風呂も一緒に入ったね。
あーでもない、こーでもないって、仕事の話もした。夜中まで二人で、頑張ったね。
休みの日は、昼まで寝たね。
ゲームもしたね。子供みたいにはしゃいで。
いろんな所に、食べに行ったね。
二人で泣いた事もあったっけ。優しく抱き締めてくれたね。
怒って、知らんふりした事もあったよね。そのたびに、機嫌取ってた。
いろんな事で、大笑いしたよね。
いっぱいいっぱい、愛し合ったね。
何だか、あなたは私に心を閉ざしてしまったように思える。
考えすぎかな？

不安で不安で、たまらないよ。

12

冷静になると

改めて考えてみると、私ばかり不安や不満を言っていたけど、きっとそれ位、それ以上に、あなたもそうだっただろう。

原因は私にもある。

誰かに言われた言葉を思い出した。

「もっと相手の事を想ってあげないと……。」

私は結局、自分だけを大切にしていたような気がした。

少し恥ずかしい。

13

別れ

あなたに、何もしてあげる事ができなかった。

私は……何もできてない。

あなたはいつも気にしてくれて、心配してくれて、電話くれて、話聞いてくれて……。

それなのに、私は勝手ばかりして、言って……。

幸せだったのは、私だけなのかもね。

あなたはいつだってすごく淋しくて、不安でしょうがなかったのかもしれない。いつも、泣いてたのかもしれない。

私は、何一つ気付いてあげられなかった。いつも、自分の事だけ考えてた。

あなたから教わった事、一緒にいて学んだ事、いっぱいあるよ。

本当に、ありがとう。

あなたと過ごした日々、忘れる事はないよ。

もう、「彼女」という役割を果たす事はできないけど、あなたならいつかきっと、幸せになれるよ。

私はもう、側にいる事はできないけど、心の中で応援してるよ。

元気で……お互い頑張ろうね。

14
悲しみ

悲しいよ、こんな結果になるなんて。

涙、止まらないよ。会いたいよ。

自分がすごく悔しい。

ずっと側にいて、支えたかった。一緒に笑いたかった。ずっと「彼女」でいたかった……。

「いつかはこうなると思ってた。」
そんなあなたの言葉が、胸にささった。
何かを手に入れようとする時、時として犠牲にしないといけないものも出てくる……。
それを初めて実感した。
欲張《よくば》って両方手に入れようと、私はしていた。正直、なかなか難しかった。
こんなにも、あなたは私の中で大きな存在だった事に、今頃気付くなんて……。
今まで私が頑張れていたのは、あなたがいてくれたから。すごく、そう思った。
いつも励ましてくれた。だから、私は今まで笑って頑張れた。
離れてても、頑張れたよ。いろんな事、乗り越えられた。

なのに……心に穴があいたようだよ。ポカーンとしてる。
自分から言った事なのにね。バカな私。本当バカだよ。
好きな人を手放すなんて……。
私はこれから、本当に頑張ってやっていけるの？
あなたは、「やっていく。」って言ってたよ。
「ありがとう。」って言われた時、すごく淋しかった。
遠く離れてしまう気がしたよ。
何だか、不安でしょうがないよ。
どうして恋人のままでいられなかったの？
誰か、教えて。

15

あなたと過ごした日々

毎日一緒にお風呂に入ったね。いつしかそれが、普通になってた。
いろんな料理、習ったね。あなたはいろんな事知ってて、尊敬した。
カレー作って、帰りを待ったこともあったね。
一緒にスーパーに買物行ったね。
無理矢理誘《さそ》って行ったデパートで、あなたゲームに夢中になってたね。
初めて一緒に観に行った映画は「千と千尋の神隠し」。
おもしろかったね。
いろんな所に、ご飯食べに行った。おいしかったね。
あなたが引っ越した時、一緒に荷物運んだ。疲れたね。
よく、夜遅くまで一緒に仕事してた。眠たかったね。
モスバーガー好きだったよね。よく食べてた。
一緒にいるとすごく楽しくて、落ち着いた。

いつも、笑っていられたよ。

16

自分に言い聞かせて

一日中、あなたの事ばかり考えてるよ。

頭から離れない。

ちょうど一年前の頃の事、思い出してたよ。懐《なつ》かしいな……。

でも、考えてると何故か悲しくなってくる。

もう、あんな風に戻れないのかな?

戻りたいよ……。

こんな事考えてても、しょうがないのかな。今はとにかく、毎日目の前の事、私にできる事、私が今すべき事を、精一杯やるしかない。

そう、思ってる。

あなたも頑張ってるんだよね?!

17　言ってなかった事

元気ですか？　毎日、あなたの事考えてしまう。
あなたに言ってない気持ち、いっぱいある。
だから、あなたが知らない事、いっぱいある。
本当にあなたの事、大好きなんだよ。大好きだったんだよ。
それでも私は来てしまった。
確かに、夢だったし憧れだった。
でも、それだけじゃないよ。
いろいろ学びたかった。社会の事、世の中の事。
都会へ出て、一人で暮らして、いろんな事を知り、学び、強くなりたかった。
大人になろうと思った。成長したかった。自分を、変えたかった。
今の自分のままじゃ、あなたと一緒になんて、なれないと思った。
いろんな事を吸収し、乗り越え、知り、それからちゃんとあなたと向き合いたかった。
それまで待っててほしかった。
これは、すれ違いなのかな？
もっと遅く、あなたと出会ってたら……良かったのかな？
でも、あなたと出会って一緒に過ごした日々の事は、忘れない。
毎日楽しくて、あっという間に過ぎていったよ。二人でいつも笑ってたよね。
ケンカもたくさんしたけど、すぐ仲直りしてたよね。
会いたいよ、すごく。声も聞きたいよ。

私からサヨナラ言っといて、こんなのおかしいよね。
だからもう、電話もメールもできないかな……。
すごく淋しいよ。

18 後悔

また、涙出てきたよ。毎日泣いてるよ。
必死に、外では笑ってるよ。
あなたが言ってくれた言葉、思い出して頑張ってるよ。
本当は、とても頑張れない。
頑張りたくないくらい落ち込んでいるし、悲しいよ。
でも、全てはあなたと私自身のため。
自分からサヨナラなんか言って、すごく後悔してるよ。

バカな私。好きなくせに……。
今思うと、あなたの中に私がいて、あなたが私を見ていてくれた。
すごく幸せな事だったよ。

19

反省

あなたと電話できない事が、こんなに淋しい事だったなんて。
元気かな？　頑張ってるかな？
会いたいよ。淋しいよ……。
あなたにこんな思い、させちゃってたのかな？
反省。ごめんね。
今さら手遅れかな？　戻りたいよ。
今、私の事どう思ってるのかな？

私はまだ、大好きだよ。側にいたいよ。
隣で笑っていたいよ。
ねぇ、早く私の名前呼んでよ。

20

自分が嫌い

最近、自分がすごくダメで嫌な人間に思える。
だから、あんまり好きじゃない。
なんでだろう？　理由はよく分からないけど……。
自分に余裕ないなーって、すごく思う。
全然頑張れてないよ。
空回りしてる……。

21
変　化

心境って、突然変化する。
あなたからはやっぱり、電話もメールも来ない。
でも、それって当たり前。
メールしてる私の方が、おかしい……。
やっと、現実を受け止められるようになってきたかも。
あなたとはサヨナラしたんだよね。私から。
それは確かな事実……。
この十日間、すごく辛かった。
でも、きっとそれは私だけじゃないと思う。
あなたも同じくらい、もしかしたらそれ以上苦しんだかもしれない。
そう思うと、いつまでも落ち込んでたらダメだなーと思った。
「自分だけ……。」

また、そう思っていた。
後悔したとは言え、やっぱり自分が選択して決断して実行した道。
全て、私が自ら選んだ道なんだよね。
そうした以上は何も文句は言えないし、その道を進むしかないよね。
広い空はあなたの所まで続いている。
あなたもきっと頑張っているんだ。
あなたと出会って、私は少し変われた。

22

虹

悲しみを乗り越えた後のとびきりのスマイルと、雨上がりの虹は、よく似ていると思う。

23　不成立

もっと強くなりたい。いろんな事、跳《は》ね飛《と》ばしていける人になりたい。
まだまだ、あなたの事想ってる自分がいる。
バカだなー。あなたは、私の事なんてすっかり忘れてるはずなのにね……。
また空回りしてる。
でも、今考えると、結果的に私とあなたの恋は成立しなかったんだよね。
あの頃は、やっぱりお互い支え合ってた。
仕事の繋がりだったのかなぁ。
「恋愛は、目標としているものが同じ者同士。」って本当だ。
今の私とあなたは別々だもん……。
本当に、お互い別々の道。違う方向に進んでいるんだ。
そして、さらに進み始めてしまったんだ。

でも、すっごく好きだったよ。本当に。大好きだった。いろいろな事を学んだよ。
でも、もうあの日々は戻らない。
自分でその道を選んでしまったのだから……。

24　発　見

やっぱり、私はあなたが好き。この気持ちはどうする事もできない。
こんなに一途に想える自分がいたなんて、少し発見。
私がこんなに想う人。あなたは、本当に素敵なんだと思う。
それと同時に、ここまであなたを想ってる私も、ちょっぴり素敵に見えた。
今、また一つ、何かを学んでいるような気がするよ。

今は、毎日自分に余裕を持って、笑顔を大切に頑張りたいと思っている。

「ニコニコが一番よ。」って、前にあなたが言ってた。

私の取《と》り柄《え》は笑顔だし、取《と》り柄《え》は大切に伸ばしていきたいと思う。それが魅力にも繋がると思うし。

毎日頑張っていれば、いつかきっといい事があると信じているよ。

信じる事、信じる気持ちって難しいけど、とても大切な事。

すぐ忘れてしまいそうだけど、忘れちゃいけない大切なもの。

25

言えない気持ち

すごくすごく、あなたに会いたいよ。

やっぱりやっぱり大好きだよ。

考えてしまう。気になってしまう。つい、思い出してしまう。

一ヶ月経つけど、毎日モンモンとしていた。
ねぇ、今私が「元に戻りたい。」って言ったら、あなた何て言うのかなぁ……。
すごくドキドキするよ。
あなたは、毎日どんな事考えてるのかなぁ。
とってもとっても気になるよ。
聞きたい事たくさんあるのに、聞けないよ。

26　気持ち

人の気持ちは変わる。
日々、いろいろ変化しているんだから。
でも、変わらない想いもある。

ふと、こう思ったよ。

27
受け止めた時

今頃になって、やっと、あなたと「別れた」って事実を受け止めてる自分がいる。
もう、元には戻れないんだね。
もう、無理なんだよね。
今まで、私は何を勘違《かんちが》いしてたんだろう……。
バカみたいに、空想ばっか膨《ふく》らませてた。
あなたは大人だもん。
ちゃんと現実を受け止めてるよ。
現実を見てるよ。現実を生きてるよ。

たぶん、前に進んでるよ。

28 友達

私は今まで、友達なんていらなかった。
親友が一人いれば、それでいいと思っていた。
でも、それは間違っているかもしれないと思うようになった。
気が付くと、一人ぼっちになっている気がした。
何だか、とても淋しかった。
一緒に笑える人が欲しいと思った。
でも、誰もいなかった。
気付けば誰もいなくなっていた。
すごく淋しかった。後悔した。

第3章　21才になってから

1

自答

自分から飛び込んでいかないと、何事も始まらない。
後悔はしたくない。
勇気を出して、自分の気持ちに正直になろう。
余計な事は考えすぎずに。
今の自分の気持ちを大切にしよう。
そしたら、そう思ったら、すんなり答えは出た。
また一つ、道が拓けた。楽になった。

2

絆《きずな》

家族って、すごく素晴らしく大切なもの。
たった一つのものだもんね。

唯一、血の繋がっている大切な人間《ひと》。
そして、絶対に切れることのない絆を持っている。

3　前向きな気持ち

毎日過ごしている日々の中で、もちろん嫌な事もたくさん。
でも、どうせなら楽しい時間を過ごしたい。
楽しく過ごしたい。
愚痴《ぐち》をこぼすよりも、楽しい話をした方がいい。
ふと、そう思った。同じ時間を過ごすんだから……。
そう思うと、この先もし嫌な事があっても、頑張っていけそうな気がしてきたよ。

4

なりたい自分

時々、誰かに手紙を書く事って、大切な事かもしれない。
何だか、すごく優しく良い気分になる。
穏やかな気分になる。
自分が誰かから手紙をもらったら、すごく嬉しいし楽しみ。
それを、たまには誰かにしてあげよう。
誰かを喜ばせる事で、自分まで嬉しくなれるよ。
いつもは無理でも、たまにできたらいいね。
そういう人になりたい。

5

家族の存在

何故だろう。

たまに、すごく家族が恋しくなる。一人でいるのが、たまらなく淋しくなる。

故郷が恋しくなる……。

家族の存在って、やっぱり貴重だし、とっても大切。

離れてるからこそ、時々連絡を取ったり会話する事って、すごく大切だし、大きな力を与えてくれる。

お母さんの声を聞くと、すごく安心するのは何故だろうね……。

疲れてる時は、特にホッとする。

落ち着くよ。

6

短所

私は、人の嫌な所ばかり見つけるのが得意。

だから、自分でどんどん他人を嫌いになっているのかもしれない。
嫌な所は、確かに目に付きやすい。
でも、時が経って良い所にも気付いてきたら、私の中で「その人」は、
案外「いい人」になってくる。

7　保　守

また始まってしまった。
自分を守ってしまう、弱い自分。
もう、これ以上傷つきたくない。辛い思いしたくない。
そんな自分の心が、決断した結果。
もう、あなたと一緒にはいられない。
嫌いになったわけじゃない。

あなたの事好きなのに……。
私はまた、自分を守ってしまった。

8　迷路

助けてください。誰か……。
もう、頭の中がいっぱいです。
いろんな事考えすぎていて、どうしたらいいか分からない。
自分が壊れてしまいそう……。
行きたい所、目指してるゴールは分かってるのに、どうやったらそこへ
辿《たど》り着《つ》けるのか、分からない。
ぐるぐると道を迷ってしまってるし、違う道ばかり行ってる……。
すごく辛くて苦しいよ。誰か、助けて。

また強がってしまう私。
いい方法を誰か教えて。

9

拾ってほしい涙

いつか、私に笑える日は訪れる？
今はまだ予想もつかないけど、心から笑って過ごせる日が来るのかな？
あなたの前で真っすぐ向き合って、目を見てちゃんと話せるの？
今はとても、そんな日が来るなんて思えない。
笑おうとすればする程、涙が出てくるよ。
ねぇ、どうしたらいいの？　分からない。
誰か教えて。この涙、拾って。
でも、言い聞かせるの。

私は大丈夫。もう、泣かないよ。
ほら、もう次の瞬間からは笑えるのよ。
二人の私が、自分をさらに苦しめる。
私は、私を抱え、進まなければならない……。
もうダメ。
助けてほしいのに、立ち上がって進もうとしている私。
本当は、もっとずっと叫びたい。「誰かー。」って。
でも、そうも言ってられないのが現実でしょ?!
こんな独《ひと》り言《ごと》も、もうたくさん。
どうしていつも、質問に返事をするのは結局私なの?
それは、私が私としか会話してないから……。

10　叶わぬ願い

私からピリオドを打ったのよ。禁断の恋に。
でも、やっぱりあなたからの連絡を待っている私がいる。
あなたの視線の中に入ろうとしている。
あなたの心の中に残ろうとしている。
私にあたたかい眼差《まなざ》しを……。
私にやわらかな言葉を……。
私にやさしい笑顔を……。
あなたの中に私の存在を……。
私に、細《ささ》やかなひとときの幸せを……。
あなたの事を疑ってしまう私がいたけれど、それでもどこかで信じてたし願ってた。
私の思ってる、あなたでありますように……。

おやすみを言うたびに、不安になってた。
その言葉を交わした後も、あなたが隣にいる事はなかった。
「また明日ね。」と思う傍《かたわ》ら、どこかに淋しさ募《つの》ってた。
周りの事を気にしつつ、度《たび》重ねたデート。
二人きりで過ごせる、貴重な時間。
一番の、そして唯一の至福の時。
あなたには、帰る場所があった。守るべき人がいた。
それでも私は、想い願っていた。
私を守って……。

11　禁断の夢

いつからだったのか、分からない。

気付けばいつも、あなたの事考えてた。あなたばかり見てた。

そして、あなたの想い、あなたの視線も感じてた。

でもダメ。

あなたの左手の薬指は、いつも光っている。

あなたは毎日、一生を共に過ごしてゆこうと決めた人と、そこから生まれた命のもとへ帰っていく。

それを知ってるのに、どんどんあなたに惹《ひ》かれてた。

始まってしまった、禁断の物語。

私達は夢を見ていたのよ。

だから、今まで気付かなかったのも当たり前。

先に夢から覚めてしまったのが、私だっただけ。

大丈夫。もうすぐあなたも目覚めるわ。

すごく心地好かったけど、きっと悪夢だったのよ。

でも、忘れる事はない。
あなたと過ごしていた日々、確かに私は笑ってた。
あなたの想いを感じてた。
見守ってくれてた。

12

大人の世界

出会いも別れも、本当に突然やってくる。誰も、予想する事はできない。
私は、あなたの気持ちを信用できなかったのか?
信じたい、信じてた気持ちはあった。確かに。ものすごく。
でも、本当にいろいろありすぎて、いろいろ考えすぎて、疲れたよ。最近ね……。
しんどかった。もう、いいよ。

こんなグチャグチャで黒く汚い世の中、大人の世界は見たくないし、もう十分見たし知った。

いろんな所にいろんな人がいるから、こんな黒い考えの人もいるんだよね、実際。

これが現実で、世の中で、男と女なのかもね。

受け止めて、今から生きていかないといけないんだね。

こういう人々やこういう世界もあるって、知っておかないとダメなんだよね。

されたら嫌な事、したらダメな事も分かったはず。

どんなに傷つくかという事も、痛いくらい知った。心が粉々になって、崩れていって……。

すごく悲しくて涙が止まらなくて、悔しくて淋しくて不安で。どうしたらいいか分からなくなって、死にたくなったりもして、でも、周りには明るく振る舞って……。

心から弾むように笑いたい。あの頃みたいに。

無邪気に笑いたい。何もかも忘れて。何にも考えずに。

知らない方が幸せって事も、あるかもね。全て知ってしまうより……。

現実は残酷《ざんこく》で、あまりにもショックが大きすぎるから……。

大人になればなる程、汚い世界を目にする事も、実際体験する事も増えたよ。

子供って、すごく幸せ。何も知らない、でも、そのままでいいんだよ。そのままでいてね。

黒い考えや汚い世界を知っても、私は絶対にそうはならないし、その仲間にもならない。

なりたくないし、したくない。

それに、何故そうできるのか、私には理解できない。

「不倫」というたった二文字の出来事が、何もかも蝕《むしば》んでいった……。自分さえも。

13

リターン

人には、帰るべき場所がある。

14

愛

人って恐ろしい。愛し合った相手の事を、恨《うら》んだり、憎《にく》んだり平気でしている。

どうやったら、そんな態度できるの？　普通に考えると、信じられない。

あんな優しい笑顔を見せてくれてた人が、目も合わせてくれなくなる。

あんなに毎日電話くれてたのに、何回かけても出てくれない。

どこから？　いつから、そうなってしまったの？

でも、その原因は自ら作っていたのかもしれない。

ほんの一瞬の出来事が、その後の二人の展開を大きく変えてしまったり、ほんの些細な何気ない一言で傷つけ合い、二人の間に壁を作ってしまう。

一度失《な》くしてしまった信用は、なかなか戻ってはきてくれない。

その代わりに、「距離」という悲しい二文字を、二人の心に置いていく。

距離は、どんどん二人の愛を連れていく。

距離が大きくなるにつれ、二人の愛は小さくなる。

愛が連れてきた憎しみ。

愛が連れてきた悲しみ。

愛が連れてきた裏切り。

愛とは、幸せだけでなく、不幸までも呼び寄せてしまう。
愛に始まり、愛に終わる。
愛がなければ、何も起こらない。
でも、そういうわけにもいかない。
人は、愛から生まれてきたもの。
愛なくしては、生きてはいけないのである。

15　愛の涙

愛によって出会った二人は、愛から生まれた距離によって、引《ひ》き裂《さ》かれていった。
愛によって笑っていた二人は、愛あった故《ゆえ》に、笑えなくなってしまった。
会いたいのに、会えない。この胸の苦しさ。

現実に逆《さか》らってしまう、自分の思い。あなたへの想い。
それは、涙となって頬《ほほ》を伝う。
涙でしか表せない、自分のおもい……。

16 いい子

いい子か悪い子かなんて、初対面で分かるはずないのに。
どうしてそんな事言えるのか。
一体どこを見て、「いい子ね。」なんて言っているのか。
分からないし、信用できない。
私は、もう二十一。子供みたいにあやされた。
自分の無力さに、腹が立つ。
出てくるのは、言葉ではなく涙。悔しい。

17 夫婦

夫婦とカップルは違う。全然違う。

今までは気付かなかった何かに、気付いてしまった。違いが分かるようになってしまった。

カップルは、お互いの「好き」という気持ちで始まり、それからの世界は、全て「好き」で繰り広げられていく。

ケンカしてしまうと、別れていく人々も少なくない。

夫婦の場合、「好き」だけではやっていけない。

ケンカしたら別れるなんて、そう簡単なものではない。

カップルのように、二人だけの問題ではなく、お互いの家族、親戚《しんせき》、あらゆる所まで領域は広がっている。

夫婦とは、お互いの親族までも、愛さねばならないと思う。

それができなければ、真の夫婦は成立しないのではないか？

成立したとしても、きっと、幸せな家庭は築けないだろう。何かと、問題が出てくるだろう。

カップルは、お互いの気持ちがあれば成立できる。

二人の世界の登場人物は、まさにその二人だけ。二人で、ありとあらゆる物語を繰り広げていくのだ。

夫婦の世界の登場人物は、さまざま。夫婦によって、異なってくる。

カップルは、二人の気持ち次第でどうにでもできる。

夫婦は、そういうわけにはいかない。「責任」という二文字を背負っている。

夫婦の縁というのは、なかなか切れるものではないだろう。

それが夫婦。それでこそ夫婦。

どんな事があっても、支え合っていこう。どんなに辛くなっても、助け合っていこう。今からの人生、共に歩んでいこう。

どの夫婦も、一度は誓っているはず。

あの頃の事を、あの頃の自分の気持ちを、忘れないでほしい。

夫婦の仲に、そう簡単に入れるわけないのだ。

家庭ある人の気持ちが、そう簡単に振り向くはずないのだ。そう簡単に、家庭を捨てるはずないのだ。

時には、少し長い留守番をさせてしまう事もあり、長すぎる留守番に不安を感じる事もある。

それでも必ず戻ってくるし、待ち続けているのだ。

それが夫婦。それでこそ夫婦。

何故ならあの日、二人は堅《かた》い誓いを交わしたのだから、それくらいはせざるを得ない「責任」がある。

好きな人と夫婦になれればベストだが、それだけでは夫婦になれない。

「夫婦」という言葉を、甘く見ていた。

両親の姿が浮かんだ……。

18

「ウソ」

嘘は、嘘を呼ぶ。良い事など、何一つ連れてきてはくれない。

嘘は、作り話なのだ。事実や現実と、全く違った世界を作り始めてしまう。

だから、嘘をつく人は、嘘を重ねて生きている。「ウソ」という武器を使い、自分を守り、生きている。

嘘をつく人が、別の武器を使う事はない。

使う武器は、たった一つ。「ウソ」。

壊れるたびに、どんどん新しく嘘をつく。「ウソ」は、武器の中でも一番簡単で使いやすい。

だから、一度使ってしまうと、次も使ってしまう。そのうちに、他の武器がある事や、使い方までも忘れてしまう。

「ウソ」は自分しか守れないから、どんどん相手を傷つけてしまう。

本人は、守られているからその事態に気付かない。どんな状況になっても、いつも自分を守る事に必死。

相手が、どんな思いで泣いているのか……。そんな事、気にしている場合じゃない。

自分にかかる被害が、最小限で済む様に、いつも考えている。

もちろん、「ウソ」を使いまくって……。

いつ、その武器を捨てるだろう。

いつ、気付くだろう。全ての事に。

明日気付いているのか、一生そのままなのか……。

かわいそうだが、周りが何と言おうと、本人が気付くまで無理なのだ。

19　目の前の悪魔《あくま》

泣いている私の目の前で、涼しい顔をしていた。
多少、微笑《ほほえ》んでいた。
理解できない事実だった。
終わったとは言え、残酷すぎる。
悪魔に見えた。

20　私の涙

ズタズタに引き裂かれた私の心は、涙と共に流れた。
言葉にできない思いを、涙と共に流した。
悲しみは、涙と共に溢れ出した。
悔しさは、涙と共にぬぐった。

今の自分を、涙が表していた。
それでやっと、自分の存在を示していた。
消えてしまいそうな灯りを、精一杯灯《とも》していた。
迷わないように、涙で道しるべを作った。

21 パズル

嘘は、まるでパズルのようだ。
ピースが一つなくなると、嘘で固めていたものが、ゆっくりと崩れていく。
その人の生き方も、まるでパズルのようだ。
嘘のパズルを完成させている。
そのパズルは、とても崩れやすい。

私は、その人の気持ちが理解できない。
そんなパズルは、欲しくない。

22　悪い夢

悪夢という現実を見ていた。
決して見たいものではなかった。
でも、見せられていた。次々に直面していた。
寝ても起きても現実。
黙って見ているしかなかった。涙と一緒に。
いろんな思いが涙となった。
涙と仲良しなのは、あまり嬉しくない。
その時の自分は、辛い時が多いから。

早く悪夢から覚めて、笑顔と仲良しになりたい。
その日を願って、今日も涙する……。

23　二人の責任

夫婦になると、いろいろな責任がついてくる。
妻は、どんな時も夫を支え、ついていく覚悟《かくご》が必要だ。
夫は、どんな事があっても妻を守り、手放してはいけない。
妻は、夫に手放されないように、努《つと》めなければならない。
夫は、妻に愛想をつかされないように、努めなければならない。
妻は、たとえ夫が道草喰《く》っても、いずれ帰ってこられるような人である。
夫は、少し妻の事を忘れてしまっても、結局妻でないとダメなのである。
二人は、たとえ疲れてしまっても、最後まで子供を手放してはいけない。

子供にとって、二人はいつまでも「親」なのだ。

二人が夫婦になり、その子をこの世に産んでしまった以上、責任を持って、最後まで見届けなくてはいけない。

夫がいるから妻が成立し、妻がいるから夫が成立している。

二人は、お互いのおかげで成り立っているのだ。

あの日二人は、死ぬまで一緒だと誓ったのだから……。

何があっても、二人は責任を感じ、生きていくべきだ。

24 故障

「ごめん。」

この言葉を何回言われても、何回聞いても、この傷が治るわけじゃない。

消えるわけもない。

その言葉を聞く度に、胸に刺《さ》さる。

決して、良い響きではない。

もう、何も聞きたくない。触《ふ》れたくない。関わりたくない。そっと忘れたい。忘れさせて。

壊れてしまった私の心を、修理したいから。

ねじを回しても動かない、人形の様になってしまったのだから……。

25

両手に隠して

あの出来事を両手に握りしめ、今日も眠る。

早く、時が経ってくれればいいのに……。

早く、この両手開ける日が来ればいいのに……。

今はまだ、ギュッと握りしめ、目を瞑《つむ》り、何もなかった事にして、時が過ぎるのを待っている。
ただじっと、両手を見つめ、待っている。
あの出来事を、胸に噛《か》み締《し》めながら……。

26 忍 耐

信じたくない事実を知ってしまったり、受け入れたくない現実に直面したり……。
私だけじゃないよね？
皆、この道通っていったの？
あと何年かたてば、平気になってる？
辛くても、大きく目を開いて歩いていかなければならない。
目を閉じていたいけど、いずれは見る事になるのだから……。

今は歯を食《く》いしばって、この痛み我慢するしかない。
少しずつ痛みは和《やわ》らぎ、やがて傷跡《きずあと》になり、それがかさぶたとなって、
知らない間に消えてしまっているだろう。
その時は、真っすぐ太陽の方を向いて、笑ってるから大丈夫。
今は黙って歩いていよう。

27

罰

夜は、暗闇《くらやみ》と共に、あの出来事を連れてくる。
私の中に、あの時の気持ちまでも蘇《よみがえ》らせる。
苦しみ、憎しみ、悔しさ、辛さ、胸の痛み、深い傷……。
自分の中に閉じ込めた思いを、夜は全て連れてくる。
目を閉じると、忘れようとしている光景が浮かんでくる。

私は一体、いつまでこの夜と闘わなければならないの？
今はまだ、全く目処《めど》がたたない。
でも、これが、私の犯《おか》した罪に対する罰なのだ。
きっと……。
決して負けはしない。
だが、戦い続けなければならないのだ。
私の犯した罪が報《むく》われる、その日まで……。
夜よ、早く味方になって、私をぐっすり眠らせて……。

28

ちっぽけで大きなもの

何気なくテレビを見ていた私は、心を打たれた。
自分の抱えてる問題が、ちっぽけなものに見えた。

立ち止まってる暇なんてない。いつまでも、こんな事していられない。

予想外の物や事に勇気づけられたり、励まされたり、頑張れるパワーをもらえたりする。

それは、何気なく過ごしている毎日の中で、本当に何気なく触れてるものであって、でもその存在は、実は大きなものなのかもしれない。

私の中の、動けなくなっていたものが、少しずつ目を覚ましたようだ。

29

二重の涙

涙は二重になっている。

深い悲しみに沈んだ時に、どっと溢れ、再び頑張れる時期が訪れた時に、もう一度溢れる。

そこで最後の儀式を終えた後、新しくスタートする。

数え切れないほど、度重ねてきて、再び新しい自分に生まれ変わる。

30
リニューアル・オープン

改装工事のため、少し休養に入った。
たっぷり睡眠をとって、ボロボロになっていた肌を少しずつ潤《うるお》していった。
しっかりご飯を食べて、疲れきっていた身体に元気を戻していった。
一人になり、モロくなっていた心を癒《いや》してあげた。
オープンの日にちは、決まっていない。
工事がどれくらいかかるか、はっきり分からないから。
でも、準備が整《ととの》い次第、新しい扉を開ける。

著者プロフィール

中野 乃里江（なかの のりえ）

1981年 高知県中村市生まれ。
2001年より大阪市在住。
2002年 大阪シナリオ学校入学、現在に至る。

私の思い、あなたへの想い

2003年4月15日 初版第1刷発行

著 者 中野乃里江
発行者 瓜谷 綱延
発行所 株式会社文芸社
〒160-0022 東京都新宿区新宿1－10－1
電話 03-5369-3060（編集）
03-5369-2299（販売）
振替 00190-8-728265

印刷所 株式会社平河工業社

ISBN4-8355-5556-2 C0095